뒷날로 각도를 만든다.

맞붙은 날에서 번갯불이 튀고, 동시에 한 쌍의 인체가 스쳐 지나갔다.

"앗."

치명적인 실수를 했다고 깨달았을 때는 이미 늦었다.

'라이트 나이트 헌트'는 주인과 함께 상대의 뒤로 돌았고── 인체가 날아갔다.

휙.

바람을 가르는 소리와 함께 몸을 가라앉힌 사쿠라는 떠오른 인체를 순식간에 따라잡아 타격을 가했다.

한 번.

두 번, 세 번.

타점은 전부 인체의 급소였다.

의식을 잃었기에 낙법도 쓰지 못하고 날아간 페어 레이디파 권속은 잔해에 처박혔다.

"그럼."

땀 한 방울 흘리지 않은 사쿠라는 주위에 실신한 13명의 권속을 둘러보고 하품을 한 뒤 기지개를 켰다.

"돌아가자."

그녀는 다시 하품을 하고 돌멩이를 걷어찼고── 벽에 반사된 그 돌은 그늘에 숨어있던 권속의 이마를 때려 기절시켰다.

1

＊

"일어났어?"

천창을 통해 플라움의 다락방에 침입한 사쿠라는 일반가옥에는 어울리지 않는 링거 옆에서 계속 자는 히이로와 그 종자를 봤다.

눈이 새빨간 스노우는 미소 짓고 고개를 저었다.

"아직 수면 부채를 변제하는 중인 것 같아요."

"그러는 넌 수면 부채를 한창 쌓는 중?"

사쿠라는 입꼬리를 올린 스노우에게 쓴웃음을 지었다.

"며칠 안 잤어?"

"……무슨 일이 일어날지 모르니까요."

페어 레이디와 접촉한 후, 혼수상태에 빠진 히이로의 머리카락을 손으로 정리하고 스노우는 한숨을 쉬었다.

"깨면 죽일 거예요."

"수면에서 영면으로 바뀌는 거네."

히이로의 볼을 콕콕 찌르던 사쿠라는 고개를 들었다.

"나중에 마법협회에 얼굴 비춰볼게. 해결 방법이 없을 것 같지도 않으니."

"……소문으로는 '스위트 슬리퍼'의 치사율은 99.9퍼센트에 달한다는데요."

"그 0.1퍼센트를 뽑는 게 재잖아?"

"아주 유감스럽게도."

스노우는 큰 한숨을 쉬고 이불을 걷었다.

"근육이 약해지면 심부름으로 부려먹을 수 없게 되니, 스트레칭을 해주려고 합니다. 그 후, 옷을 벗겨 온몸을 깨끗이 닦을 겁니다. 모두에게 주인님의 고ㅇ를 보여줘서 더 이상 부끄러울 수 없을 정도로 치욕을 주는 게 요즘 취미입니다.'

"흐음, 좋은 취미네."

스노우는 산뜻하게 웃었다.

"보실래요? 고ㅇ."

"아니, 오늘은 됐어."

"이럴 수가, 술자리에 초대받은 일반 샐러리맨처럼."

끈질기게 주인의 고ㅇ를 보여주려고 하는 스노우에게 양해를 구하고 복도로 나왔을 때 웅크리고 있는 사람의 형체를 발견했다.

무릎을 안고 벽에 기대앉아 양팔 사이에 얼굴을 파묻고 있던 라피스가 울상을 지으며 이쪽을 올려다봤다.

"자구라아~"

"그 더럽고 탁한 목소리는 뭐야, 연습해왔어? 이런 곳에서 뭐 하고 있는 거야?"

"……히이로 병문안."

사쿠라는 쓴웃음을 지었다.

"안에 들어가면 되잖아."

"그, 그치만, 몸을 닦는다고……'

얼굴을 빨갛게 물들인 라피스를 보고 벽에 기댄 사쿠라는 팔

짱을 꼈다.

"그런 건 단순한 수단이잖아."

"수단……? 뭐가……?"

"집 지키는 개가 주인 가까이에 다가온 사람한테 짖는 것과 같은 거지. 결국 자기 외에는 아무도 정말 좋아하는 주인 곁에 있는 걸 원하지 않는 거지."

"어, 그, 그러니까, 스노우 씨는 히이로를 좋아하는 거야?!"

"왜 놀라는 거야? 그녀는 그의 약혼자잖아?"

"아, 아~! 그, 그렇지~! 나, 난 왜 놀란 걸까, 이상하네~?!"

거동이 수상한 라피스를 보고 사쿠라는 어깨를 으쓱였다.

후드티 주머니에서 히이로에게 빌린 휴대용 게임기를 꺼내 짬을 내서 하기 시작한 그녀가 중얼거렸다.

"'사랑'마저 넘어버린 것일지도 모르지. 아마 정상적으로 접근하는 걸 허락하는 사람은 레이 정도밖에 없는 거 아냐?"

"이건 가족 문제니까요."

"와앗! 레, 레이, 지금까지 어디에 숨어있었던 거야?!"

레이가 어디선가 나타나 놀란 라피스는 소리쳤다. 딱히 반응을 보이지 않은 레이는 머리를 쓸어올리고 아랫입술을 깨물었다.

"……오라버니는, 눈을 뜰까요?"

"뭐, 깨겠지."

레이는 지긋이 사쿠라를 노려봤다.

"지극히 단순한 사고회로가 탑재되어 있는 것 같아 부럽기 짝이 없네요."

"복잡한 사고회로 같은 게 있어도 머리에 쇼트가 날 뿐이니까. 그런 회로를 가진 사람은 혼수상태에 빠진 오빠의 이불에 파고 들어서 훌쩍훌쩍 울면서 같이 자기도 하잖아."

"당신은 항상 어디서 보고 있는 거예요!"

얼굴을 새빨갛게 물들인 레이를 적당히 넘기고 사쿠라는 라피스에게 시선을 돌렸다.

"그래서, 곤란한 때에 아스테밀은?"

"뭔가 의식이 없는 상태인 히이로를 노리는 '적'이 있으니까 그 적을 처리한대. 난 너무 너무 걱정돼서 못 자고 있는데 '제 제자가 이 정도로 죽을 리가 없잖아요. 만약 죽었으면, 전 셀 수 없을 정도로 사형대 위에 올랐을 거예요'라고 말했어."

"그 엘프, 다른 사람의 오빠에게 무슨 심한 짓을 하고 있는 거예요……."

"'적'이라."

사쿠라는 창밖을 힐끗 봤다.

이런 때에 '그 여자'는 어떻게 말을 걸어올까. 어차피 변변치도 않겠지만.

"그럼 아스테밀이 해결하는 건 기대하지 않는 편이 좋은가."

"애초에 바깥쪽에서 '스위트 슬리피'에 접근하는 건 불가능하대. 가능한 마법사가 있다면 '카쿠리요 와타세' 정도밖에 없는데, 그 사람은 식물인간 상태인 것 같고……."

"흐~음."

애매한 대답을 한 사쿠라는 히이로와의 이야깃거리 만들기 외에는 가치가 없을 것 같은 연애 시뮬레이션 게임의 전원을 껐다.

"안쪽에서는 되는구나."

"뭘 할 생각이죠?"

"동생이 오빠 곁에서 못 자게 만들 만한 짓."

매직 디바이스를 쑥 뽑은 레이를 곁눈으로 보며 트리거를 당긴 사쿠라는 창문으로 뛰쳐나갔다.

그리고 높은 곳에서 착지한 뒤 목적지를 향했다.

*

바닥에서 뻗은 까맣고 하얀 뿌리.

그 뿌리에 휘감겨 똑바로 서있는 금색 문…… 마법 협회에 속한 마법사들이 '빛의 문'이라 부르는 협회의 상징에는 셀 수 없을 정도로 도선이 새겨져 있으며 항상 공간 안의 마력을 거두어서 순환시키고 있다고 한다.

한없이 하얗게, 어디까지나 이어진다.

중앙의 거대한 문 외에는 아무것도 존재하지 않는 공간. 발소리를 낸 사쿠라는 빛의 문을 만져 문을 열기 위한 영창을 했다.

"모든 것이 무한한 빛으로 채워진다. 왕관, 지혜, 이해. 그릇에 있던 균열은 패스로 연결된다. 자비, 준엄, 영광. 근원은 신을, 창조는 영을, 형성은 열매를, 물질은 인간을. 승리, 영화, 기반. 이리하여 비존재의 베일은 벗겨진다."

사쿠라는 중얼거렸다.

"왕국 '마르푸트'."

그 순간, 고정좌표식 전순이 발동했다.

시야가 바뀌고 정보가 확 흘러들어왔다.

달려가는 마법 협회의 사무원들. 카운터 너머에 윈도우가 만발하고 고함 소리와 비명에 가까운 대화가 들렸다. 탐사용 아이템이 경고음을 울렸고, 한 공간에 채워진 마법사들의 열량이 피부로 전해졌다.

"츠키오리 사쿠라."

누군가 말을 걸었다.

뒤돌아보자, 마법 협회가 지정한 검은 로브를 단단히 입은 여성이 있었다. 주위의 파란과는 반대로 시선이 차분했다.

'불변'의 마법사 키에라 노벰버.

주머니에서 손목시계를 꺼낸 그녀는 힐끗 시간을 확인하고 다시 넣었다.

"역시 당신도 왔나요."

"뭐, 한가하니까."

키에라는 쓴웃음을 지었다.

"소속된 후 겨우 몇 달 만에 '불변' 자리까지 올라간 천재님이 '한가'할 것 같진 않은데요. 사무국에서 요청이 엄청 오지 않았나요?"

"알림은 보통 꺼두니까."

"그렇겠죠. 당신이랑 연락이 된 적이 없어."

친숙한 사무원이 울상을 짓고 사쿠라를 봤다. 원망스러운 시선을 받은 그녀는 손을 팔랑팔랑 흔들었다.

"대단한 소동이에요. 런던, 뉴욕, 독일, 베이징, 아테네, 모스크바, 포르토프랭스…… 본부, 지부, 구분 없이 SOS가 오고 있어. 온 세상의 던전에 숨겨져 있던 '스위트 슬리피'의 겹눈이 발동해 각국의 정부 중추에 파고 들어가 있던 높으신 분들이 혼수상태에 빠져 대혼란이 일어나고 있으니까요."

"여기도 그렇잖아? 이곳의 인원도 부족하다고 들었는데."

"말할 필요도 없죠."

키에라는 한숨을 쉬고 미간을 눌렀다.

"각국에서 보낸 마법사, 밀항자, 간첩 등이 도쿄행 디멘션 게이트를 두고 쟁탈전을 벌이고 있는 게 현재 상황이에요. '스위트 슬리피' 상대로는 수를 늘리면 늘릴수록 우리가 불리해진다고 말하는데 보병 중대를 보내려는 바보도 있고…… 일본 정부가 동맹국도 아닌 나라의 군대를 들일 리가 없지만요. 폭동 하나 일으키지 않고 깔끔하게 줄 서서 멸망을 기다리는 건 이 나라 정도예요."

"뉴스에서 현이(現異) 연합이 '지고' 이상의 마법사를 모은 특수부대(SOF)를 조직해서 페어 레이디 봉인을 집행한다고 했는데."

"몇 시간 전 뉴스죠? 조금 전에 전멸했어요."

후드티 주머니에 양손을 넣고 책상에 엎어져 울고 있는 사무원을 본 사쿠라는 하품했다.

"이런 때를 위한 봉인 집행자 아냐?"

"봉인 집행자(에스틸파멘트)? 바보 같은 소리, 어디서 깨운다는 말입니까. 힘으로밖에 해결 못하는 폭력의 태풍을 불러서 페어 레이디를 봉인한 후엔 대체 누가 이 작은 섬나라 복구를 도와준다는 건가요?"

"하지만 이대로 가면 현이 연합은 자명종의 스위치를 누르겠지?"

고개를 떨군 키에라는 미간을 세게 문질렀다.

"……'시조'의 마법사가 있어요."

"최강 '아스테밀'은 세계 따위보다 제자가 더 소중한 것 같은데?"

"아뇨, 그 마인과 아스테밀은 상성이 너무 안 좋아요. 우리에게 비장의 수단이 있다면, 근원 혼돈의 마법사 '루트 워커'밖에 없어요. 그녀라면 여차할 때 반드시 움직여주죠."

"글쎄. '근원 혼돈의 마법사〈루트 워커〉는 움직이지 않는다'가 표어인 시조의 마법사님이 도움이 될 것 같진 않은데."

페어 레이디파의 테러 속보가 들어와 사무원의 재촉에 저급 마법사가 허겁지겁 달려갔다. 던전의 보전 관리를 으뜸으로 치는 모험가 협회에까지 번지수를 잘못 찾은 출근 요청이 들어왔는지, 엉망진창이 된 지시 계통을 보여주듯 양쪽 사무국원이 서로 고함치고 있었다.

"루루플레임가의 언더 아카이브 조사 의뢰 건도 그렇고, 알프 헤임 대로연에서 들어온 성신 마술 건도 그렇고…… 왜 도쿄에서만 이렇게 마인 소동이 일어나는 건지. 저주받은 것 아닌가요, 이 섬나라는."

"꼭 이야기의 무대 같지."

"배드 엔딩이 약속된 이야기의 무대 말인가요?"

빈정거리는 듯한 키에라와는 달리 초연한 사쿠라는 어깨를 으쓱였다.

"그래서."

윈도우를 조작해 모험가 협회에서 와있던 의뢰 몇 개를 맡은 사쿠라는 속삭였다.

"페어 레이디가 있는 곳은 알고 있어?"

"그 정보는 '지고' 이상의 마법사 사이에서만 돌고 있어요. 정보 공개 단계가 있으니까요."

"그럼 겹눈은? 도쿄에도 있지?"

"'스위트 슬리피'의 겹눈? '불변'의 마법사 이상이라면 정보 공개 단계는 통과인데── 뭘 할 생각이죠?"

"난 '표면'인 것 같으니까."

사쿠라는 미소 지었고── 키에라는 왜인지 뒷걸음질 쳤다.

"'이면'은 이면에 맡기고 이쪽은 이쪽대로 어떻게든 할까 싶어서."

"…………"

"왜 그래?"

"아, 아뇨."

자신의 팔을 쓰다듬은 키에라는 떨리는 손으로 손목시계를 꺼내 초침을 바라봤다.

"뭐, 뭐랄까, 당신이라면 할 수 있을 것 같은 느낌이 들어서…… 있을 수 없는 일인데…… 당신은 '할 수 없는 일이 없는' 것 같아…… 츠키오리 사쿠라."

눈을 돌린 그녀는 자꾸만 팔을 문지르면서 중얼거렸다.

"당신은…… 우리 편이죠……?"

"…………."

'음과 양, 해와 달, 귤과 벚꽃 일본의 전통인형인 히나 인형을 장식할 때 좌우에 대비시키는 것. 히이로와 사쿠라를 대비시킨 것으로 보임.

…… 그리고 남자와 여자'――. 츠키오리 사쿠라는 파랗게 질린 키에라에게 속삭였다.

"당연하지."

"그, 그렇죠…… 무슨 말을 하는 건지. 바보 같아."

키에라는 허둥지둥 좌표치를 전송했다.

"각국에 존재하는 겹눈의 좌표치에요. 근처에 있는 디멘션 게이트의 위치도 매핑해뒀어요. 사무국에서 신청하면 도항비는 경비로 처리되고, 우리는 '불변'이니 대기 시간 없이 사용할 수 있을 거예요."

"고마워."

"츠키오리 사쿠라."

맵을 확인한 사쿠라는 걷기 시작했고, 그 등에 부르는 소리가 들렸다. 돌아보니 키에라는 부적처럼 손목시계를 쥐고 있었다.

"달은, 우리 안에 있지 않아요."

"어?"

"이전에 당신은 '달은 밤의 우리에 갇혀있는 것 같다'고 비유했지만…… 전 그렇게 생각하지 않아요. 달을 밤의 여왕이라 부른 작가도 있어요."

"……그래."

사쿠라는 미소를 보내고 발걸음을 옮겼다.

*

콧노래.

피와 내장에 젖은 사쿠라는 빅벤 꼭대기에 박힌 겹눈의 수정체에 걸터앉아 오래된 노래를 흥얼거렸다.

그건 시시한 유행가. 여성 관계 스캔들로 업계를 떠난 원 히트 원더라 불린 가수가 남긴 한 곡. 가끔 라디오에서 '레트로 송'으로 흘러나오는 경우가 있기도 하고 없기도 한 그런 발라드.

"흥, 흥 흥~."

새빨갛게 물든 '라이트 나이트 헌트'가 오른손, 왼손으로 던져질 때마다 피가 뚝뚝 떨어졌다.

웨스트민스터의 종이 울렸다.

좋아하는 시간을 방해받은 그녀는 시선을 아래로 향해 아래에 모인 구경꾼과 마법사 무리를 바라봤다.

"12시간이다."

사쿠라는 96.3미터 아래에 있는 마법사의 목소리를 확실히 들었다.

"겨우 12시간 만에…… 생채기 하나 없이 전 세계의 겹눈을 다 부쉈어…… '지고'…… 아니, '시조'의 마법사도 불가능한 일이 아닌가…… 내, 내가 알고 있는 츠키오리 사쿠라는 저런 일은…… 지금까지는 적당히 봐주고 있었다는 건가……. 어째서, 이번엔 제 실력을 발휘했지…… 저, 저건…….”

사쿠라는 높은 곳에서 마법사의 눈을 들여다봤다.

그리고 거기에 깃든 익숙한── 공포의 낌새를 알아차렸다.

“뭐지……?”

눈을 감았다.

바람을 받은 그녀는 뇌리에 그의 모습을 그렸다.

단 한 사람, 자신의 내면에 숨긴 이상함을 한눈에 꿰뚫어 보던 눈. 그럼에도 '두려움'을 드러내지 않고 하나의 인간으로만 보았던 그의 눈을 떠올렸다.

“이봐, 거기 있지?”

사쿠라는 '그 여자'에게 속삭였다.

“네 말대로 재밌어지기 시작했어.”

그날 이래, 그녀는 오랜만에 웃음을 지었다.

“걔는 돌아오겠지. 아무 일도 없었다는 듯이. 누구 하나 빠뜨리지 않고 구해서 돌아올 거야.”

'그 여자'의 침묵을 듣고 사쿠라는 만족스럽게 고개를 끄덕였다.

“'달은 밤의 여왕'이 아니야. 정확히는──.”

검붉게 물든 손으로 그녀는 해 속에 가라앉은 달을 붙잡고─ 미소 지었다.

“'달은 무자비한 밤의 여왕'.”

언제나처럼 츠키오리 사쿠라는 '표면'을 구해내 보였다.

이 일련의 행동은 정보에도 이력에도 기억에도 남지 않았고, 따라서 도항비가 경비로 처리되는 일도 없었으며── 그저 방대한 액면이 기재된 츠키오리 사쿠라의 '부모님'의 계좌에서 아주 조금이라고밖에 표현할 수 없는 금액이 인출되기만 하고 끝났다.

아침놀 한가운데에 사람의 그림자가 비쳤다.

"히이로, 일어나."

크리스는 당연하다는 듯이 내 이마에 입을 맞추고 미소 지었다.

"잠꾸러기."

"······매일 아침 모닝콜 사업은 잘 되나요?"

"귀엽게 흐트러진 머리를 볼 수 있는 만큼 아주 작은 이득은 보고 있지. 자, 일어나. 머리 빗어줄 테니까."

페어 레이디의 정신세계에 있는 '산죠 히이로'에겐 아침잠이 많다는 설정이 있는지, 스승님과 단련하기 위해 일찍 일어나는 데 어려움을 느낀 적이 없는 나는 잠에 취한 눈을 비비면서 크리스에게 손을 이끌려 세면대로 끌려갔다.

언제나처럼 기분이 좋은 크리스는 내 머리를 빗어줬다.

"의욕 없는 남자 친구의 엉망이 된 헤어 만지기는 재밌어?"

"재미없었으면 히이로 전용 미용사는 안 했지."

기쁜 듯이 내 머리를 매만지는 크리스 뒤에서 충혈된 두 눈을 크게 뜨고 있는 페어 레이디의 모습이 거울에 비쳤다.

"후후, 자, 다 됐어. 나의 멋진 남자 친구 완성."

뒤에서 내 목에 양팔을 두른 크리스는 코끝을 슥슥 비비면서 냄새를 맡았다.

"······히이로는 항상 태양 냄새가 나."

"신참 남자 친구 옵션으로 태양광식 디퓨저를 달아뒀으니까. 내 여자 친구는 끓인 물 600밀리리터에 똠얌 페이스트 세 큰술을 넣은 스프 같은 향이 나."

"그게 뭐야."

가볍게 나를 밀친 그녀는 양팔을 벌리고 날 기다렸다.

"그 냄새 아니니까 제대로 맡아."

발 버릇이 안 좋은 천재님은 이를 닦기 시작한 내 엉덩이를 퍽 퍽 찼다. 체념하고 뒤돌아보니, 볼을 살짝 물들인 그녀가 앓는 소리를 내면서 팔을 최대한 벌렸다.

"제대로······ 맡아줄래······?"

그녀는 칫솔을 문 나를 감싸안은 채로 양치질을 끝내고 입을 헹군 후에 입가를 닦아줬다.

가까이에 서있는 페어 레이디는 뒤룩뒤룩 눈을 굴리며 나와 크리스의 얼굴을 번갈아 봤다.

난 감상을 기다리고 있는 크리스에게 웃음을 지었다.

"우리 자기는 오늘도 제대로 똠얌꿍."

로우킥으로 정강이를 퍽퍽 공격당했다.

다이닝룸으로 이동하니 이미 크리스가 만든 요리가 식탁에 차려져 있었다. 당연하다는 듯이 내 무릎 위에 앉은 그녀는 요령 좋게 집은 방울토마토를 내밀었다.

"자, 먹어. 이렇게 안 하면 야채를 안 먹는 못된 남자 친구에게 주는 선물이다."

"아니, 난 딱히 가리는 거 없는데. 예쁜 여자 친구의 애정으로 맛을 내주지 않으면 미식가인 남자 친구의 입이 받아들이지 않을 뿐이야."

"아무리 그래도 시판 방울토마토에는 애정은 안 담겨 있잖아."

"내, 내 아이들아. 그, 그 방울토마토는 나의 커다란 정원에서 자란——"

"내 의견에 반론하는 귀여운 입은 막아버린다."

"바~보."

내 목에 팔을 두른 크리스는 미소를 짓고 눈을 가늘게 떴다.

"해봐, 겁쟁이."

난 크리스의 젓가락에서 방울토마토를 빼앗아 그 작은 입에 밀어 넣었다.

우물우물 씹은 크리스는 기도하면서 거품을 물고 있는 페어 레이디 앞에서 볼을 빨갛게 물들였다.

"씹을 때는 얼굴을 안 보기로…… 어제 약속했잖아?"

"어제는 어제, 오늘은 오늘의 날 사랑해줬으면 좋겠어."

난 크리스의 볼에 입을 맞추고 미소 지었다.

"똠얌꿍. 볼에 묻어있었어."

화악 빨개진 크리스를 보고 있던 나는 아주 잠깐 페어 레이디를 힐끗 봤다.

가슴을 쥐어뜯으면서 쓰러진 마인은 양발을 파닥파닥 휘두르면서 과호흡에 빠져있었다.

난 몸을 가까이 붙인 채로 크리스에게 귓속말했다.

"……상상 이상으로 효과가 있어, 크리스."

"뭐가?"

"엣."

빨개진 귀를 가린 크리스는 자신의 머리카락을 매만지면서 시선만 위로 올려 이쪽을 봤다.

"뭐가?"

"……………."

미소를 지은 나는 천천히 마인에게 걸어가 말없이 안면을 걸어찼다.

【게이머즈 특전 쇼트스토리】

"가끔은 여행이라도 가지 않을래요?"

"······어?"

플라움의 다락방.

시판 패션 잡지(모델 둘이 페어로 찍힌 사진이 백합으로 보여서 잘 읽힌다)를 읽고 있던 나는 거의 매일같이 놀러 오는 레이의 제안에 눈을 가늘게 떴다.

난 말 없이 설거지를 하고 있는 스노우에게 시선을 돌렸다.

"괜찮지 않나요. 레이 님께서 모처럼 한 제안을 저버리는 놈들은 두 번 다시 다다미의 결을 볼 수 없는 몸으로 만들 거예요."

"그만둬. 나만 문명개화 해버린다고."

스노우가 만든 방석에 앉아있는 레이는 크흠 하고 헛기침을 해 주의를 끌었다.

"제가 보기에 오라버니는 방종한 면이 있어요. 조금이라도 가족 서비스에 힘써서 산죠가의 일원으로서 의무를 다하셔야 해요."

"하지만 지난번에도 너희 쇼핑에 어울려줬잖아. 내 옷도 골라주고, 밥도 얻어먹었고, 용돈도 받았잖아."

"가족 서비스를 '받는' 입장에서 벗어나라는 이야기를 하고 있는데요."

레이는 한숨을 쉬고 윈도우를 열었다.

"오라버니에겐 처음부터 기대 안 했어요. 제가 여행 장소를 적당히 골라뒀으니 어디가 좋은지만 가르쳐주세요."

"여자끼리 이루어진 커플이 속속 탄생하는 커플 폭심지 같은 곳이 좋아."

"요컨대 데이트 스팟인가요."

입가에 손을 댄 레이는 고개를 끄덕이고 속삭였다.

"그럼 주택 전시장이네요."

"".............""

"주택 전시장."

"".............""

심의를 위해 몸을 맞댄 나와 스노우는 레이한테서 거리를 벌렸다.

"……저 녀석, 여행이라고 말했었지? 너 '여행'이랑 '데이트 스팟'을 입력하면 '주택 전시장'이 출력되는 GOOGLE을 어떻게 생각해?"

"……검색 엔진이 정리해고 당했나 싶죠."

나와 스노우는 소곤소곤 의견을 나눴다.

"……왜 주택 전시장이냐고. '모델 하우스에 침입!'해서 어떻게 할 생각이야. 저 녀석, '데이트 스팟'을 '스포트라이트' 같은 걸로 착각하고 있는 거 아냐? 머리가 공사 감독 당해서 뭐든 건축용어로 들리기 시작한 거 아냐?"

"……그럴 리가 없잖아요. 만약 그런 일이 있으면 단열재 대신 벽에 채워도 상관없어요."

"지금 압출 폴리스티렌 폼 이야기 했어요?"

이쪽으로 얼굴을 쑥 내밀고 건축용어 같은 말을 한 레이를 본 나는 스노우의 얼굴을 벽에 밀어붙였다.

나와 스노우는 다시 이마를 맞댔다.

"……완전히 공사 감독 당하고 있어."

"……공사 감독을 세뇌 같은 의미로 쓰는 건 그만해주시겠나
요. 심플하게 물어보면 되는 거예요. 왜 주택 전시장이냐고. 자,
리핏 애프터 미."

"……아니, 들어보라고. 무섭잖아. 레이의 뇌내 검색 엔진이
감독당하고 있으면 넌 어떻게 책임 질 생각이야. 앞으로 단열재
로서 살아가라고."

나와 스노우는 말 없이 서로를 밀어붙이기 시작했고, 레이가
사이에 끼어들어 막았다.

"왜 갑자기 씨름을 시작한 거예요. 아무도 시작 신호는 안 했
고 판도 준비가 안 돼있다구요."

이제 단념할 때인가 싶어 서로의 얼굴을 마주 본 나와 스노우
는 동시에 '이 녀석이 왜 주택 전시장인가요…… 라고 물어보네
요'라고 말하며 서로를 가리켰다.

"그런 건가요."

쓴웃음을 지은 레이는 길고 검은 머리카락을 쓸어올렸다.

"당연히 주택 전시장이 '여행지'로도 '데이트 스팟'으로도 적합
하지 않다는 건 문헌으로 알고 있어요. 그저 하나의 제안으로서
던져봤을 뿐이에요. 건축 용어도 심심풀이로 조사해봤을 뿐이에
요. 오라버니도 스노우도 다른 사람을 야유하는 건 그만두세요."

그 말을 듣고 나와 스노우는 가슴을 쓸어내렸다.

"뭐야, 그냥 우리가 착각한 건가. 장난스러운 동생의 기발한 농담일 줄은 우리도 몰랐어."

"네, 물론이죠. 데이트 스팟으로 적합한 곳은 '어시장'이죠."

"아하하, 나이스 조——"

진지한 표정을 지은 레이를 보고 내 얼굴에서 웃음기가 사악 사라졌다.

"혹은 '주민센터'."

양손으로 입을 막은 스노우는 눈을 크게 뜨고 오열했다.

그 후, 나와 스노우는 레이에게 일반상식을 가르쳐주는 데 3시간을 썼다.

남자 금지 게임 세계에서

내가 해야 할 유일한 일